La gosseta Blackie coneixia bé els Mofetes, i tant que sí!
I hi va col·laborar centenars de cops. Res no la feia més feliç,
a la Blackie, que una causa justa.

BLACKIE BOOKS

EL MÈTODE XOF

Roody Doyle (Dublín, 8 de maig de 1958) potser és l'escriptor més estimat d'Irlanda. I ho és perquè pels seus llibres hi passegen moltes irlandeses i irlandesos feliços, bonifacis i treballadors (com el senyor Mack d'aquesta història, o la seva dona atlètica, la Billie Jean), a qui regala aventures increïbles i hilarants com aquesta que tens entre mans. Perquè Doyle sap del cert que no hi ha millor homenatge a la terra que et va veure néixer que endur-te-la sempre amb tu.

Tot i que va provar l'ensenyament un temps, aviat va descobrir que el que li agradava de debò era escriure. Així que va començar i ja no va parar: ha escrit novel·les, llibres infantils, assaigs, obres de teatre, guions de televisió i qualsevol altra cosa que se li pugui acudir a qui llegeixi aquestes ratlles (encara que sigui ben boja). Però com que el cuquet de la docència no el va abandonar mai del tot, va decidir fundar un centre d'escriptura, el Fighting Words, on ajuda a nens i a adults a descobrir el poder de la seva imaginació a través de l'escriptura. Quin munt d'històries hi han nascut des que va obrir a l'any 2009!

El Mètode Xof és sens dubte un dels seus llibres més divertits. Bé, en realitat és un dels llibres més divertits de la història de la literatura infantil. I de la història de la caca, sobretot. Sí, estimat lector, ho has llegit bé: de la caca. De seguida ho entendràs.

RODDY DOYLE

El Mètode Xof

Il·lustrat per

BRIAN AJHAR

BLACKIE BOOKS 28C

Traducció d'Armand Carabén Van der Meer

Títol original: *The giggler treatment*

Disseny de col·lecció i coberta: Setanta
www.setanta.es

Carrer Església, 4-10
08024 Barcelona
www.blackiebooks.org
info@blackiebooks.org

Maquetació: David Anglès
Impressió: Liberdúplex
Imprès a Espanya

Primera edició: març de 2021
ISBN: 978-84-18187-73-5
Dipòsit legal: B 21259-2020

Per a Kate, Jack i Rory

R. D.

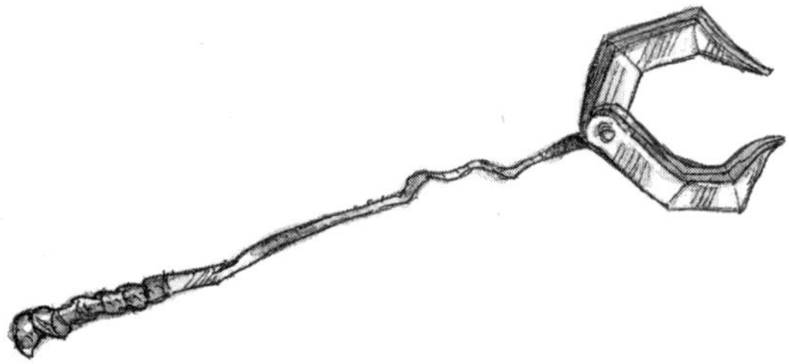

Als meus dos menuts mofetes, Alee i Jarrod

B. A.

CAPÍTOL PRIMER

El senyor Mack caminava cap a l'estació de trens. Feia un dia bonic i assolellat. Els ocells cantaven dalt dels arbres les seves cançons favorites, i la brisa transportava les aromes de l'esmorzar —cansalada, ous, anques de granota i col.

—Mmm —va fer el senyor Mack.

El senyor Mack era feliç. El senyor Mack era molt feliç. Portava bona teca a la carmanyola —amb una sor-

presa al termos— i els petons de comiat dels seus fills encara li feien pessigolles a les galtes. Se n'anava a treballar, i la seva feina li agradava força.

En realitat, el senyor Mack adorava la seva feina. Era tastador de galetes en una fàbrica de galetes.

La seva feina consistia a comprovar que les galetes portessin la quantitat justa de xocolata, si és que n'havien de portar. I les mesurava per comprovar que fossin exactament quadrades, si és que havien de ser quadrades, o exactament rodones, si és que havien de ser rodones. I el millor de tot, les tastava. Bé, no les tastava totes. En tastava tres al matí i quatre a la tarda, per assegurar-se que el gust fos exactament el mateix.

Avui esperava la feina amb delit, perquè havia de tastar les seves galetes favorites de sempre, els rotllets de figa. La fàbrica feia 365 tipus de galeta, una galeta diferent per a cada dia de l'any. Al senyor Mack li agradaven la majoria de galetes, i algunes les trobava delicioses. Però els rotllets de figa eren les primeres del rànquing. N'admirava la forma. N'admirava l'olor. N'admirava la intel·ligència. Eren unes galetes tan llestes... Eren delicioses sense necessitat de xocolata. I avui tocava degustació de rotllets de figa. No és estrany, doncs, que el senyor Mack fos un home feliç.

Però mentre anava cap a l'estació, just després de tombar la cantonada, va veure una gavina reposant a la branca d'un arbre.

—Vol saber una cosa, senyor? —va dir la gavina—. El peix em fa fàstic.

—El que no sabia és que les gavines reposessin als arbres —va dir el senyor Mack.

Va continuar caminant, però va girar el cap per fer una altra ullada a la gavina.

Li hauria valgut més no fer-ho, perquè no es va adonar de la tifa de gos que hi havia just davant seu, al bell mig del camí.

Pobre senyor Mack...

La seva sabata caminava de dret cap a la tifa.

CAPÍTOL SEGON

I què?

I què?

Sí. I què? La gent trepitja tifes de gos cada dia. Fins i tot els gossos en trepitgen alguna de tant en tant.

Però aquesta tifa era enorme. Era una gran massa de caca de gos, fresca i humida. Potser era la cagarada més grossa del món.

Gos gran, cagarada gran. I què? M'avorreixo. Em saltaré unes quantes pàgines per veure si tornen a sortir galetes.

Espera. Espera! La història no va de galetes. Ni tampoc de tifes. La història va de la gent que va posar aquella tifa de gos al mig del camí perquè el senyor Mack la trepitgés.

La gent que la va posar allà? Si era una tifa de gos, és perquè venia d'un gos. Veritat o mentida?

Veritat.

Un gos s'atura al camí de l'estació. S'està allà una estoneta, mentrestant hi deixa una tifa, i després se n'allunya tot satisfet. Veritat o mentida?

Mentida. Era una tifa de gos, certament, però no va ser un gos, qui la va deixar allà. I aquesta història va de la gent menuda que la va posar just en aquell lloc, uns deu segons abans que el senyor Mack tombés la cantonada.

CAPÍTOL TERCER

Quatre passes, tres, dues...

El senyor Mack ja en tenia prou d'observar la gavina. Anava a mirar un altre cop endavant —amb prou temps per adonar-se de la tifa— quan la gavina va tornar a xerrotejar:

—Peix! —va dir—. No em parli de peix!

Quatre passes, tres, dues, una.

El peu esquerre del senyor Mack estava ben bé damunt la cagarada. El taló de la sabata es trobava exactament a quaranta-dos centímetres del cim de la tifa.

Llavors al senyor Mack li va semblar que sentia rialles.

Tenia raó. Havia sentit rialles. Com aquestes:

—Hi, hi, hi, hi.

La tifa era al bell mig del carrer. El carrer era vorejat per una tanca de jardí. I els Mofetes eren a l'altre costat del mur, amagats.

N'hi havia tres. S'aguantaven drets sobre la barra d'una vella bicicleta rovellada que feia més de vint anys

que estava recolzada contra el mur. La bicicleta era tan vella, que gairebé formava part de la tanca.

Els Mofetes van observar el senyor Mack, que s'acostava a la tifa. Van comptar les passes.

—Quantes?

—Quatre.

—I ara?

—Tres.

—I ara?

—Dues.

Van sentir la gavina que parlava amb el senyor Mack. Van amagar els caparrons darrere la tanca mentre el senyor Mack avançava directe cap a la tifa.

—I ara?

—Una.

Van esperar.

UN CAPÍTOL QUE NO ÉS
BEN BÉ UN CAPÍTOL PERQUÈ
NO HI PASSA RES, PERÒ
QUE ANOMENAREM IGUALMENT

CAPÍTOL QUART

En aquest capítol no hi passa res. Però algunes de les qüestions que probablement us ronden pel cap obtindran resposta. Per exemple:

Per quina raó?

Què vol dir per quina raó?

Per quina raó els Mofetes van posar una tifa al mig del carrer?

Bona pregunta. Ho van fer per una cosa que el senyor Mack havia fet la nit abans de caminar cap a l'estació. Però us ho explicaré més endavant perquè aquests capítols on no hi passa res de seguida es fan avorrits.

I ara, tornem a la nostra història.

CAPÍTOL CINQUÈ
QUE POTSER CALDRIA ANOMENAR
CAPÍTOL QUART
PERÒ, VA, ANOMENEM-LO
CAPÍTOL CINQUÈ

Tornem al carrer de l'estació, on els Mofetes encara esperaven.

Esperaven el patac —el senyor Mack ensopegant amb la tifa.

Esperaven el xap —el senyor Mack trepitjant la tifa.

Esperaven l'esbufec —el senyor Mack adonant-se que hi havia una tifa.

Esperaven el gruny —el senyor Mack descobrint que la part més gran de la tifa ja la tenia enganxada a la sola.

La sabata del senyor Mack era molt i molt a prop del que ja sabeu.

—A quina distància? —va dir el Mofeta més petit.

—A trenta-set centímetres i mig —va dir el Mofeta més gran.

—Doncs sí que és a prop —va dir el Mofeta de mida mitjana.

Tot seguit es va posar el puny a la boca per por que se li escapessin les rialles.

I van esperar.

CAPÍTOL SISÈ

QUE PROBABLEMENT CALDRIA ANOMENAR

CAPÍTOL CINQUÈ,

UN ALTRE CAPÍTOL
ON NO HI PASSA GRAN COSA
TRET D'UNA DE MOLT EMOCIONANT
AL FINAL

Més preguntes. Com aquesta:

Qui són els Mofetes?

Bona pregunta. Els Mofetes tenen cura dels nens. Però ho fan tan silenciosament que amb prou feines els ha vist mai algú.

Com tenen cura dels nens?

Bona pregunta. Els segueixen pertot arreu. A l'escola, a les botigues, al parc i de tornada a casa, escales amunt, fins al quarto de bany, per tota la casa. Allà on van els nens, hi van els Mofetes, que els vigilen en tot moment.

I quin aspecte tenen?

Bona pregunta. Només unes quantes persones han pogut veure els Mofetes, i no ho han explicat mai a ningú. Per això, és difícil dir quin aspecte tenen. Tenen la mida d'un nadó i són peludets. La pell els canvia de color a mesura que es mouen.

Com als camaleons?

Exactament. Com als camaleons. Si són a prop d'una paret blanca, es tornen blancs. Si són dalt d'un arbre, es tornen verds i castanys. Si són a la vora d'un cotxe... Bé, llavors depèn del color del cotxe, però el color porpra no els afavoreix gaire, de manera que miren de no acostar-se als cotxes de color porpra.

Per què segueixen els nens?

Una altra bona pregunta. Segueixen els nens per assegurar-se que els adults siguin justos amb ells. Els pares, els mestres, les tietes, els botiguers... Tots els adults. Si són dolents amb els nens, els apliquen el Mètode Xof. Si envien cap nen al llit sense sopar, o si l'espanten, els apliquen el Mètode Xof. Si enganyen algun nen, si li donen peix dient que és pollastre, posem per cas, o es fan un pet i carreguen el mort al nen, els apliquen el Mètode

Xof. Si són grollers amb cap nen o li fan portar una roba que detesta, els apliquen el Mètode Xof.

En què consisteix el Mètode Xof?

En una tifa a la sabata.

I després d'això?

Els adults continuen patint aquesta venjança, cada dia, si cal dues o tres vegades, fins que paren de fer la guitza al nen.

Els Mofetes ho han fet sempre, això?

Sí, des dels orígens dels temps. Els Mofetes sempre han estat aquí. D'ençà que el primer gos va deixar anar la primera tifa. D'ençà que el primer home de les cavernes va grunyir al primer nen de les cavernes. I, després de fer-ho, va posar un peu fora de la caverna, i va trepitjar una bona pasterada de caca prehistòrica.

L'emperador romà Neró odiava els nens. Va ordenar als seus guàrdies que agafessin tots els nens i els llancessin als lleons. Doncs bé, Neró no va trigar gaire a trepitjar un pilot de caca de lleó. (A l'antiga Roma hi havia més lleons que gossos.) Molts anys després, un sant anomenat Patrici es va dedicar a expulsar les serps d'Irlanda. Però vet aquí que hi havia un nen petit, que es deia Elvis O'Leary, a qui li agradaven les serps. Quan el nen va demanar a Patrici que deixés estar les serps, Patrici el va apartar bruscament perquè no fes nosa... Tot seguit, va ensopegar amb un turonet de tifa calenta que, molt pocs segons abans, era al ventre d'un gos llop irlandès que es deia Bran. Sant Patrici es va desfer de les serps, però mai no es va poder desfer de la catipén.

Dos minuts després que el *Titànic* topés amb el famós iceberg, una dona de coberta va cridar: «De pressa! De pressa! Que els nens s'ofeguen!».

«Millor!», va dir un home. «Així tindrem més lloc als bots salvavides!»

I va trepitjar una muntanya de caca llefiscosa i verda que el va fer relliscar per la coberta, fins que va caure al mar. «Ai, mami!», va cridar. «Que no porto el flotador!»

Així doncs, com podeu veure, els Mofetes han estat fent la seva feina milers i milers d'anys. Durant tot aquest temps han aplicat el Mètode Xof als homes i les dones que s'han portat malament amb els nens.

Com s'havia portat el senyor Mack amb els seus nens?

Bona pregunta. La resposta no trigarà a arribar. Però ara val més que passem al capítol següent.

I aquella cosa tan emocionant que havia de succeir al final d'aquest capítol?

Ah, sí. Me'n descuidava. Mentre us explicava totes aquestes coses sobre els Mofetes, una dona que passejava per un parc de Bombai gairebé trepitja un cargol.

Això no és gens emocionant.

Doncs el cargol no pensa el mateix.

CAPÍTOL SETÈ

QUE POTSER CALDRIA ANOMENAR

CAPÍTOL CINQUÈ...,

SI NO VAIG ERRAT...
PERÒ ANOMENEM-LO...,
NO SÉ QUIN CAPÍTOL ÉS

Els Mofetes esperaven. La sabata era exactament a trenta centímetres i una mica més de la tifa que ja sabeu.

—Pot ser en qualsevol moment —va xiuxiuejar el Mofeta més gran.

Van esperar el xep, xep, xep —el senyor Mack relliscant i mirant de mantenir l'equilibri sobre un peu.

Van esperar el lleu fru-fru —el senyor Mack recolzant-se a la tanca, a vuit centímetres de totxo i ciment dels nassos dels Mofetes.

El Mofeta més gran va mirar per sobre el mur, i va tornar a amagar el cap darrere la tanca.

—A vint-i-cinc centímetres —va dir.

—Bacallà? —va dir la gavina—. Ecs!

El Mofeta de mida mitjana es va posar una altra mà a la boca i fins i tot un peu per ofegar les rialles. Va caure de la bicicleta, però no va fer soroll, perquè va anar a aterrar damunt unes herbes suaus i llargues.

—Toca el dos —va dir un bri d'herba.

No, no ho va dir. És broma. Però ha arribat l'hora d'explicar per què els Mofetes volien castigar el senyor Mack.

CAPÍTOL VUITÈ
QUE POTSER CALDRIA ANOMENAR
CAPÍTOL...,
ESPEREU.
PRIMER, SEGON, TERCER, QUART...
VA, NO FUGIM D'ESTUDI
I CONTINUEM AMB LA HISTÒRIA

El dia abans que el peu del senyor Mack anés de dret a la tifa, quan començava a ser massa fosc per jugar a fora, els germans Mack, en Jimmy i en Robbie, van trencar el vidre de la finestra de la cuina.

Estaven jugant a futbol amb una pilota petada quan va passar. En Robbie Mack va clavar una forta puntada a la pilota amb el dit gros del peu. La pilota va rebotar al cap d'en Jimmy Mack, va volar cap a la finestra i va fer miques el vidre.

—Ai! —va fer en Robbie—. Meu dit!

—Ui! —va fer en Jimmy—. Meu cap!

—Aaah! —va cridar el senyor Mack—. La meva finestra!

Era al pis de dalt quan va sentir la trencadissa. Era al bany, posant-se un esparadrap al dit. S'hi havia fet un tall col·locant un nou vidre a la finestra de la cuina, cinc minuts abans que la pilota la tornés a esmicolar.

Es va precipitar escales avall i va veure la finestra trencada. Va continuar corrent i va sortir al jardí.

—Qui ho ha fet? —va cridar.

—Nosaltres no —va dir en Robbie—. Ho ha fet la pilota.

—No fa ni cinc minuts que hi he posat un vidre nou, en aquesta maleïda finestra —va dir el senyor Mack—. No hi ha dret!

El senyor Mack havia tingut un dia molt dur.

—Amb aquesta, ja són set les vegades que col·loco un vidre nou —va dir—. En set dies!

Va mirar en Robbie i en Jimmy.

—Digueu-me, nois —va començar—. Quantes vegades hauré de col·locar un vidre nou a la finestra?

—Vuit —va dir en Robbie.

En Robbie no s'estava passant de llest ni feia el llengut quan va dir el que va dir. Es limitava a donar la resposta correcta a la pregunta del senyor Mack. El vidre s'havia trencat set vegades, i ara caldria col·locar-ne un de nou. Set i una fan vuit. En Robbie ho havia encertat.

Però el pobre senyor Mack havia tingut un dia molt dur. S'havia passat el dia tastant crackers, que són unes galetes salades d'allò més ensopides. El senyor Mack creia que, en realitat, les crackers no eren galetes. Sempre tan perfectes, tan avorridament quadrades... No tenien gust de res, si no era del que eren, insípides i avorrides crackers. I el pobre senyor Mack s'havia passat el dia mesurant-les i menjant-ne. N'estava fins a les amígdales, de les crackers! Ho sabia: aquella nit somiaria crackers! Sempre tenia el mateix somni després d'un dia mesurant i menjant crackers. No era un somni sobre galetes ninja assassines o sobre atractives galetes d'ulls ombrívols, ni res d'interessant. Al contrari! En els seus somnis, el senyor Mack sempre es veia rodejat de crackers xerraires, de centenars de crackers que explicaven, totes alhora, les coses menys interessants que us pugueu imaginar.

«Els nadons són més petits que els adults. Que curiós, ¿oi?»

«El paper higiènic sovint és blanc, però no sempre. Que curiós, ¿oi?»

«Els cotxes tenen quatre rodes, però les bicicletes només dues. Que curiós, ¿oi?»

I així el continuaven martiritzant tota la nit. (Era una altra raó per la qual al senyor Mack li agradaven els rotllets de figa. Mai no es posaven a xerrar quan se n'anava a dormir.) Així doncs, no podia pensar a ficar-se al llit, encara que estigués molt cansat. Ja podia sentir les crackers garlant en algun racó del seu cap.

«Hi ha pijames amb ratlles i n'hi ha que no en tenen ni una. Que curiós, ¿oi?»

Però això no havia estat el pitjor del dia. A l'hora de dinar, li havia passat una cosa ben estranya. Un voltor havia baixat planant des d'un arbre i li havia robat els entrepans. Abans no s'hagués recuperat de l'ensurt, el voltor havia tornat per pispar-li el termos. I ara, per postres, havia hagut de tornar a col·locar un vidre per setena vegada en set dies i s'havia fet un tall al dit. Tenia gana, estava cansat, el dit li sagnava i ja començava a sentir la xerradissa de les crackers.

«Si poses els peus en remull, els treus mullats. Que curiós, ¿oi?»

El voltor li havia tret la llengua en fugir volant amb el termos. El termos era ple de sopa de pollastre, el menjar favorit, de molt, del senyor Mack. I ara, els seus nens es passaven de llestos. El senyor Mack en tenia ben bé prou.

—Vinga, pugeu a l'habitació! —va cridar a en Robbie i en Jimmy.

—Però és que tinc gana —va dir en Jimmy.

—Tant me fa —va dir el senyor Mack—. Pugeu a l'habitació!

És per aquesta raó que, l'endemà al matí, hi hauria una tifa esperant el senyor Mack. El que el senyor Mack no sabia —i el que ningú més no sabia— és que els Mofetes ho havien sentit tot. Estaven amagats a l'armariet de l'escala. Es van mirar entre ells i van assentir amb el cap.

—Mètode? —va dir el més petit, com qui no vol la cosa.

—Mètode —va dir el més gran.

—Xof? —va dir el més petit.

—Xof —va dir el més gran.

CAPÍTOL NO-SÉ-QUANTS

Tornem al carrer de l'estació, on el Mofeta més gran va amagar el cap darrere la tanca.

—I ara, ¿quant falta?

—Un pam.

I el Mofeta de mida mitjana va tornar a caure de la bicicleta.

UN ALTRE CAPÍTOL

El senyor Mack va tornar a la cuina. La mare dels nois, la Billie Jean Fleetwood Mack, era allà amb el bebè, la Kayla. La Kayla s'estava menjant un galeta sense sucre.

—A-bah —feia.

—No —va dir la Billie Jean—. No et donaré cap més galeta amb sucre. No és bo per a les dents.

—A-bah —va dir la Kayla.

—Ja sé que no tens dents —va dir la Billie Jean—, però aviat en tindràs.

—A-bah.

—Sí, ja sé que el teu pare menja galetes. És la seva feina. És una feina perillosa —va dir la Billie Jean, orgullosa—. Però bé l'ha de fer algú!

Després es va dirigir al senyor Mack.

—Els nois no poden ficar-se al llit sense menjar res —va dir.

—Tens raó —va dir el senyor Mack—. Ara els crido.

—No ho fan expressament —va dir la Billie Jean.

—Ja ho sé —va dir el senyor Mack.

—A-bah —va dir la Kayla.

—Ja ho sé, Kayla —va dir el senyor Mack.

«A-bah» era l'única cosa que la Kayla sabia pronunciar, però com que tots els Mack se l'estimaven molt, sempre entenien què deia exactament.

El senyor Mack va acaronar la galta de la Kayla.

—És cert, ha sigut un dia molt pesat. Si haguessis vist el voltor...

—A-bah? —va dir la Kayla.

—I més gran i tot —va contestar el senyor Mack.

Llavors va anar fins al rebedor i va cridar cap al pis de dalt:

—Nois, baixeu a sopar!

—Què hi ha? —va cridar en Robbie.

—El que vulgueu —va dir el senyor Mack.

Però aquest cop els Mofetes no van sentir el senyor

Mack. Ja era massa tard. Havien sortit. Havien anat a buscar un bon tros de caca per a la sabata del senyor Mack.

EL CAPÍTOL QUE VE DESPRÉS DE L'ANTERIOR

Esperaven el fru-fru-fru —el senyor Mack eixugant-se la sabata a l'herba.

I el xu-xu-xu —el tren que se n'anava, ha, ha.

I el bang, bang, au —el senyor Mack caient contra la tanca.

Vint centímetres.

Quinze.

Deu.

Cinc.

Van esperar el primer gran patac —el peu del senyor Mack lliscant damunt de ja tifeu què.

—Ditets de peix? —va dir la gavina—. Ecs!

El Mofeta de mida mitjana es va posar l'altre peu a la boca.

Com és que trigava tant el peu del senyor Mack a aixafar la caca?

Bona pregunta. El senyor Mack portava uns pantalons nous de trinca, que encara li anaven massa rígids. Li anaven tan rígids, que amb prou feines podia doblegar i estirar les cames. Ara sabrem d'on van treure els Mofetes allò que ja tifeu.

EL CAPÍTOL QUE VA ABANS DEL SEGÜENT

Als gossos no els agrada utilitzar el carrer com a lavabo, però els seus amos els hi obliguen.

—Vinga, Rover. Sortim a passejar —va dir l'amo d'en Rover mentre l'arrossegava cap a l'entrada.

«Sortim a fer caca, deus voler dir», va mussitar en Rover. «No soc cap beneit!»

El pobre Rover havia d'estar-se una estona al carrer, sovint cap al tard, i, sota la pluja o la neu, tronant o llampegant, fer les seves necessitats a la vista dels cotxes que passaven i del seu amo, que no es molestava a mirar cap a una altra banda.

—Sigues bon noi, Rover, i afanya't —li va dir l'amo.

—Deixa'm estar! —va dir en Rover entre dents—. Tinc el cul gelat.

Però en Rover sempre acabava fent caca perquè sabia que, fins que no en feia, no tornava a casa.

En aquell moment van arribar els Mofetes.

La mateixa nit que el senyor Mack va deixar els nois sense sopar, en Rover va preparar una senyora cagarada.

—Impressionant! —van exclamar els Mofetes, fregant-se les mans i deixant anar unes rialles—. Dimoni de Rover! No ens falla mai.

Hi havia quatre Mofetes, aquella nit. El més gran, el de mida mitjana i el més petit, i un altre que encara era més petit que el Mofeta més petit. Era la primera vegada que l'encara més petit que el Mofeta més petit sortia en missió de recerca de cagarada, i estava tot excitat.

—Preparats? —va dir el més gran.

—Preparats.

—Guants de goma?

—Guants de goma.

—Bosseta de plàstic?

—Bosseta de plàstic.

—Pinces de tifes?

—Pinces de tifes.

El Mofeta més petit va aixecar la tifa de terra amb les pinces de tifes. Eren unes pinces de plàstic semblants a les dels crancs, i s'obrien i es tancaven en accionar una palanca del mànec.

El Mofeta de mida mitjana va sostenir la bosseta oberta per deixar-hi caure la tifa.

—Aboca la tifa —va dir el Mofeta més gran.

—Abocant tifa —va dir el Mofeta més petit.

I l'altre va abocar la tifa dins la bossa.

—Atrapant tifa —va dir el Mofeta de mida mitjana.

I va tancar la bossa.

—Bona feina —va dir el Mofeta més gran—. Vint penics?

—Vint penics —va dir el Mofeta encara més petit que el Mofeta més petit.

Era el moment que esperava.

Va treure una moneda del sarró que li cobria la panxeta verda. Tenia la panxa verda perquè en Rover havia dipositat la tifa just al costat d'un cotxe verd.

Va aixecar la peça a l'aire.

—Vint penics!

—Molt bé —va dir el gran—. Som-hi!

La moneda era per a en Rover. Els Mofetes pagaven religiosament les tifes que recollien.

—Rover! Rover!

El Mofeta més petit va obrir la bústia mentre el més gran cridava a mitja veu cap al rebedor de casa d'en Rover.

En Rover era al pis de dalt assegut al lavabo. Sempre ho feia quan el seu amo ja s'havia ficat al llit. El seu amo no entenia per què sempre hi havia pèls de gos a la tassa del vàter i petjades al rotlle de paper. Però el cert és que tots els gossos ho fan i no els descobreixen mai.

—I ara què passa? —va remugar en Rover—. Que no tindrem una mica de pau, o què?

Es va eixugar el cul i va estirar la cadena. Es va rentar

i eixugar les potes i va baixar al rebedor. (En Rover, ara que hi som, era el re re re —continueu repetint «re» vint minuts— rebesnet d'en Bran, el gos llop irlandès.)

En Rover va veure una mà de Mofeta que sortia de l'escletxa de la bústia i sostenia una moneda de vint penics. La porta era vermella; la mà també.

Va agafar la moneda.

—Gràcies, Rover —va dir el Mofeta encara més petit que el Mofeta més petit—. Ha estat un clàssic.

—Oltes àcies —va dir en Rover, perquè és difícil dir «Moltes gràcies» mentre se sosté una moneda de vint penics entre les dents.

En Rover va anar a la cuina. Va trobar el gran os que li havia donat el seu amo feia una estona. (L'amo d'en Rover, per cert, era el re re —continueu repetint «re» dues hores i trenta-set minuts— rebesnet del primer home de les cavernes.) L'os es trobava en un lloc de difícil accés. En Rover va sostenir l'os entre les potes i va empènyer la moneda de vint penics dins de la cavitat de l'os on hi havia hagut el moll.

L'amo d'en Rover l'estimava molt. Adorava la seva manera d'espolsar-se quan estava mullat. Adorava la seva manera d'estirar les cartes de la bústia quan el carter les lliurava, i no li importava gens que quedessin xopes. Era un gos tan eixerit... S'asseia quan l'hi manaven. Anava a buscar el bastó quan l'hi llançaven lluny. El que el seu amo no sabia —i el que ningú no sabia— era que en Rover era milionari. En Rover havia enterrat prop d'un milió de lliures, tot en monedes de vint penics, que havia anat introduint en ossos buits i colgant al jardí del seu amo. Tots aquests diners els havia rebut dels Mofetes.

—Oh, mira com enterra el seu os, en Rover. Oi que és llest?

«Ha, ha, ha», es deia en Rover. «No ho sabràs mai prou!»

En Rover odiava els ossos.

AQUEST CAPÍTOL
ES DIRÀ COM LA MEVA MARE
PERQUÈ DIU QUE SI HO
FAIG EM PODRÉ QUEDAR
LLEVAT FINS MÉS TARD

CAPÍTOL MAMA DOYLE

El Mofeta més gran va treure el cap per damunt la tanca.

—Deu centímetres —va dir.

—Verat? —va dir la gavina—. Ecs!

AQUEST CAPÍTOL
EL DEDICO
A LA MEVA NEVERA
PERQUÈ EM MANTÉ
EL MENJAR FRESC

CAPÍTOL GELAT

Mentre el senyor Mack anava de cap a la tifa, en Jimmy Mack va caure d'una cadira a la cuina, en inclinar-se massa per arribar a les farinetes i omplir-se'n la boca. El bol de farinetes va relliscar i va anar a parar al cap d'en Robbie.

—Ai! —va cridar en Jimmy—. Meu cul!

—Ui! —va cridar en Robbie—. Meu cap!

La Billie Jean va entrar a la cuina. Calçava unes botes d'alpinista i portava ulleres d'esquí, a més d'una llarga corda al voltant de la cintura. Carregava la Kayla a collibè i estava tota suada.

La Billie Jean era alpinista. Practicava l'alpinisme pujant cada dia les escales amb la Kayla a l'esquena. Ho feia tres hores cada matí i només es permetia una breu parada de cinc minuts a la tenda que havia plantat al rebedor.

La Billie Jean volia escalar la muntanya més alta de cada país del món. Ja n'havia escalat una bona pila, a l'Argentina, Kenya, Austràlia i a molts altres països.

La primera muntanya que va escalar va ser a Holanda. Holanda és un país molt pla, i la seva muntanya més alta només fa tres metres. És tan petita, que mai ningú no l'ha batejat. Però quan la Billie Jean en va coronar el cim la va anomenar Muntanya del senyor Mack, en honor del seu marit favorit. (La Billie Jean, per cert, era la re, re —continueu dient «re» vint minuts— rebesneta d'Elvis O'Leary, el vailet que va mirar de retenir les serps a Irlanda.)

La següent muntanya que va escalar la Billie Jean va ser la Muntanya Blava de Jamaica. Deixava el pic més gran, l'Everest del Nepal, per al final. Volia esperar que la Kayla creixés una mica per escalar-lo plegades. La Kayla ja esperava aquest moment amb impaciència. Tot aquest anar escales amunt i avall li havia fet néixer un gran amor per les altures i l'aventura.

—Què ha passat? —va preguntar la Billie Jean en veure en Jimmy a terra.

—M'he trencat el paner —va dir en Jimmy.

La Billie Jean va riure.

—Encara falta mitja hora perquè aneu a l'escola —va dir—. Per què no sortiu a jugar al carrer?

En Jimmy es va oblidar del paner adolorit i es va precipitar cap a la porta.

—Endueu-vos la Kayla amb vosaltres —va dir la Billie Jean.

—Molt bé —va dir en Robbie mentre s'eixugava les farinetes dels cabells amb un tovalló—. Anem, Kayla.

Va carregar la Kayla a l'esquena.

—Agafa't als meus cabells —va dir.

—A-bah? —va dir la Kayla.

—Tranquil·la —va dir en Robbie—. Només són farinetes.

Van fer corredisses pels voltants de l'entrada de la casa i van jugar amb la pilota petada.

La Kayla es va quedar asseguda al repeu de la tanca imaginant que es trobava al cim de l'Everest. Tenia un gran sentit de l'equilibri, però, pel que pogués passar, els nois van enganxar xiclet fresc a la tanca i van deixar que la Kayla s'hi estigués asseguda. La Kayla s'hi estava molt bé, allà dalt, observant les fulles que es feien pessigolles les unes a les altres a la copa de l'arbre que la cobria a ella i als ganàpies dels seus germans, que hi jugaven a sota.

En Robbie feia de porter, i en Jimmy va xutar la pilota. La pilota va passar entre les mans d'en Robbie i li va anar a la cara. Li va rebotar al nas, va colpejar el colze d'en Jimmy, on va tornar a rebotar, i va anar a parar sota un vell bidó de benzina.

—Ai! —va cridar en Jimmy—. Meu colze!

—Ai! —va cridar en Robbie—. Meva nàpia!

El bidó estava de cap per avall i era feixuc, massa feixuc perquè el poguessin aixecar. Feia molts anys que era allà, molt de temps abans que els Mack hi anessin a viure. El senyor Mack deia que havia caigut del cel i que la Bruixa Malvada de l'Est s'hi havia quedat atrapada, però els germans Mack no s'ho acabaven de creure. El que sí que havia quedat al dessota era la pilota.

—I ara què fem? —va preguntar en Robbie.

—A-bah —va dir la Kayla.

—Bona idea, Kayla —va dir en Robbie.

Els nois es van precipitar cap al cobert per agafar una de les cordes d'alpinisme de la Billie Jean. Van tornar cap al bidó per lligar-hi un dels extrems de la corda al voltant. Llavors van fer passar l'altre extrem per una branca de l'arbre.

—I ara què? —va preguntar en Jimmy.

—A-bah.

—Una idea genial!

Van alçar la Kayla fins a lligar-la a l'extrem de la corda que havia quedat solt. Es gronxava la mar de feliç, però no pesava prou per bellugar mínimament el bidó.

—A-bah —va dir.

—Una idea megagenial!

Els nois van arreplegar unes quantes pedres i les van ficar al bolquer de la Kayla. Cada cop era més feixuga. A mesura que anava baixant lentament a terra, el bidó s'aixecava al mateix ritme. Aviat hi va haver prou espai per a en Jimmy, que es va arrossegar sota la llauna.

—Pots veure la pilota? —va cridar en Robbie.

—No! —va cridar en Jimmy en resposta.

—I què hi ha, doncs?

—Un monstre!

CAPÍTOL
DOS MILIONS I ESCAIG

—No soc cap monstre! —va dir el monstre a en Jimmy.

—Doncs què ets, aleshores? —li va preguntar en Jimmy.

—Un Mofeta —va dir el Mofeta encara més petit que el Mofeta més petit.

En Robbie va engrapar les cames d'en Jimmy i el va arrossegar cap enfora, per treure'l de sota el bidó. I el Mofeta va seguir en Jimmy.

—Hola —va dir, fregant-se les mans i deixant anar una rialla—. No deu faltar gaire, ara.

—No deu faltar gaire per què? —va dir en Robbie.

—Perquè la sabata del teu pare trepitgi una tifa.

—A-bah? —va dir la Kayla.

—És d'en Rover —va respondre el Mofeta.

Va acabar de sortir de sota el bidó i es va posar dempeus.

Un segon!

Com el podien veure, els nens? Que no se suposava que els Mofetes eren com camaleons? No deies que els Mofetes eren capaços de canviar de color?

Bones preguntes. Sí, són capaços de canviar de color, però pocs dies abans de conèixer el Mofeta encara més petit que el Mofeta més petit, els nois havien pintat el vell bidó de color porpra, i els Mofetes, recordeu-ho, no

queden gens bé de porpra. Així doncs, el podien veure amb claredat. Era d'un blau brillant que contrastava vivament amb el bidó de color porpra.

—A-bah? —va dir la Kayla.

—Hem posat la tifa allà —va explicar el Mofeta— perquè el teu pare la trepitgi.

—I per què?

—Perquè ahir us va enviar a l'habitació sense sopar —va dir el Mofeta.

—Però va ser només per una estona —va dir en Robbie.

—Ai, ai... —va fer el Mofeta encara més petit que el Mofeta més petit.

—A-bah —va dir la Kayla.

I el Mofeta hi va estar d'acord.

—Tens raó —va dir—. Estem malgastant una tifa!

A casa dels veïns, en Rover enterrava el seu os en un parterre de flors.

«Doncs els diners els has vist prou, company», va murmurar mentre cobria l'os amb el fang que arrossegava amb les potes posteriors.

—A més, no és just —va dir en Jimmy—. L'hem d'avisar.

—A-bah —va dir la Kayla.

—Bona idea —va dir en Jimmy, i va córrer a avisar la seva mare, que era la més ràpida de la casa.

—Tinc una idea —va dir el Mofeta—. Rover!

—Oh, oh —va fer en Rover, al jardí dels veïns.

Va mirar de semblar més gos que de costum. Va començar a perseguir una mosca, es va gratar una mica l'orella, va fer un parell de lladrucs i va clavar una queixalada a uns calçotets que penjaven de la corda d'estendre.

—Rover!

Podia sentir perfectament el Mofeta.

—Rover!

Era una manera de cridar especial, com un xiulet per fer venir el quisso. Només els gossos poden sentir la crida d'un Mofeta. I tots els gossos han d'obeir quan són cridats per un Mofeta, fins i tot els gossos vius i eixerits com en Rover. Però en Rover no estava disposat a rendir-se tan fàcilment.

—Rover!

—És que no et sento! —va cridar—. He enxampat un bon refredat!

—Rover! —va insistir el Mofeta—. Salta la tanca!

—Em fa mal l'esquena.

—Et pagaré cinquanta penics.

En Rover va saltar la tanca a l'acte i va aterrar davant del Mofeta.

—També s'accepten targetes de crèdit, si més no les més importants —va dir.

Aleshores va veure la Kayla i en Robbie que se'l miraven.

—Doncs sí, puc parlar. Que passa res?

—No —va dir en Robbie.

—Com que no? —es va estranyar en Rover—. No et sorprèn gens ni mica que pugui parlar? No oblidis que soc un gos!

—Ja sabem que pots parlar —va dir en Robbie—. T'hem sentit més d'una vegada. Acostumes a grunyir i a remugar tot fent forats al teu jardí.

—Ah, ¿sí? —va dir en Rover.

—Sí —va dir en Robbie.

—Fa gaire que ho sabeu? —va dir en Rover.

—A-bah —va dir en Kayla.

—Tant de temps? —va exclamar en Rover—. Val més que vagi amb compte. Els adults em podrien sentir.

—No t'hi amoïnis —va dir en Robbie—. Els adults no senten res. Es pensen que només són lladrucs.

En Rover es va girar cap al Mofeta.

—I doncs, Mof, ¿què tenim avui?

—El peu del senyor Mack està a punt de trepitjar la teva tifa. L'hem d'aturar.

—La meva tifa! —va exclamar en Rover—. Si hi posa el peu, no el podrà treure mai més. És la millor tifa que he fabricat en molt de temps. Cosa fina, nano.

Va córrer cap a la tanca on era la Kayla.

—Arri, menuda!

I la Kayla va saltar des del mur fins al seu llom.

—Agafa't a les meves orelles —va dir en Rover, i va travessar la porta a tota velocitat en direcció a l'estació de trens.

El Mofeta es va enfilar a l'esquena d'en Robbie.

—Segueix el nadó! —va dir.

I en Robbie va arrencar a córrer.

La Billie Jean va sortir de casa amb en Jimmy a collibè.

—Segueix el Mofeta! —va dir en Jimmy.

I la Billie Jean va arrencar a córrer.

CAPÍTOL SETZÈ

(AQUEST CAPÍTOL, PER CERT, ÉS EL RE, RE, RE, RE, RE, RE, RE, RE, RE, RE, RE, RE, RE, RE, RE, RE, REBESNET DEL CAPÍTOL PRIMER)

Tornem al carrer de l'estació, on el senyor Mack acaba de girar-se d'esquena a la gavina.

—Peixos de colors? —va dir la gavina—. Ecs!

Però el senyor Mack ja no estava interessat en el que deia. Va girar definitivament el cap.

A temps per veure la tifa?

No. Hi tenia el peu gairebé al damunt. I la tifa tenia exactament la mateixa forma que la sabata. Per això el senyor Mack no la podia veure.

Tifa model sabata. La tifa era com l'ombra de la sabata. Era un model que en Rover havia mirat de perfeccionar amb els anys, després de dedicar-hi moltes hores i d'un règim especial d'alimentació.

NO HO PROVEU DE FER A CASA, NOIS, LLEVAT QUE HO FEU ACOMPANYATS PER UN ADULT.

—I ara, ¿quant? —va preguntar el Mofeta de mida mitjana.

—Vuit centímetres.

—Déu meu —va dir el senyor Mack—. Són els pantalons més rígids que m'he posat mai.

I llavors li va semblar que sentia un lladruc.

AQUEST CAPÍTOL PORTARÀ EL NOM
D'ELVIS PRESLEY
PERQUÈ VIU SOTA EL COBERT DEL NOSTRE JARDÍ

El senyor Mack havia sentit un gos.

Però no era en Rover.

Era un gos i prou.

En Rover no és del tipus gos bordador. «Les accions parlen més alt que els lladrucs» és el seu lema. I, ara com ara, probablement en Rover en sigui l'activista més decidit.

En aquells moments, en Rover corria a tota velocitat amb la Kayla, el seu genet-nadó, al llom. Galopava tan de pressa, que les potes amb prou feines li tocaven el terra.

—Que bé! —va dir la pota esquerra, la que ara anava al davant.

—El meu bon Rover —va dir la pota dreta—. No corre, vola!

—A-bah? —va preguntar la Kayla.

—Sí, és cert —va dir en Rover—. Soc l'únic gos del món que té unes potes que parlen. Agafa't fort!

I va passar galopant per davant del forn, la botiga de dolços, la botiga de pasta en espirals de colors que queda boníssima amb formatge...

En Rover era ràpid. I també en Robbie. Fins i tot amb el Mofeta a collibè, era tan ràpid com en Rover, i ja l'atrapava.

Van deixar enrere el forn i la botiga de dolços.

I la Billie Jean encara era més ràpida. Fins i tot amb en Jimmy a collibè i unes pesades botes d'alpinista als peus, brunzia carrer avall i ja estava a punt d'atrapar en Robbie.

Va deixar enrere la botiga de pasta en espirals de colors que queda boníssima amb formatge.

En Rover, en Robbie i la Billie Jean eren les criatures de vuit potes en total més ràpides del món.

Però ¿n'hi hauria prou amb això?

UN CAPÍTOL MOLT CURT

PER FER-NOS SABER A QUANTS CENTÍMETRES DE LA TIFA ES TROBA EL PEU DEL SENYOR MACK

A dos.

CADA HISTÒRIA COMPTA
AMB MÉS D'UNA VERSIÓ,
I AQUESTA HISTÒRIA
TÉ MOLTES VERSIONS:

LES CRACKERS EXPLIQUEN LA SEVA VERSIÓ DE LA HISTÒRIA

Nosaltres no hi érem. No hem vist res. Que curiós, ¿oi?

UN CAPÍTOL DE DEBÒ

En Rover continuava corrent.

La botiga de roba, la de joguines, la de llapis de colors.

En passar per davant de la botiga d'animals es va adreçar als cadells que miraven des de l'aparador.

—Adeu, babaus! —va cridar.

La sabateria, la merceria, la botiga de rellotges de paret.

En Robbie i la Billie Jean es van situar a la seva altura.

—Coneixes cap drecera? —li va preguntar en Robbie.

—Bub! —va fer en Rover.

No estava disposat a parlar davant d'un adult, per molt simpàtic que fos.

EN ROVER EXPLICA LA SEVA VERSIÓ DE LA HISTÒRIA

Xxxxt!

He d'actuar molt sigil·losament. Si el meu amo es desperta i m'enxampa remenant-li l'ordinador, hauré de donar unes explicacions molt llargues. És com si el sentís:

«Com t'hi has connectat, Rover?»

«Què hi has vingut a fer, aquí?»

«Com has sabut escriure el teu nom?»

La setmana passada em va anar d'un pèl. Estava enviant un correu electrònic a la meva nòvia de Galway. La seva família s'hi ha traslladat no fa gaires mesos, i em fa la sensació que la trobo a faltar més jo que no pas ella a mi. Així doncs, allà em teniu, escrivint un poema d'amor per a la meva estimada, mirant de trobar una paraula que rimi amb «Lassie» —que és el seu nom, per cert—, quan sento el meu amo que encén el llum de capçalera. Abans que no posi el primer peu a terra, ja em veieu ajagut a la meva estora. Però llavors devia notar que l'ordinador estava engegat. I sabeu què va dir?

«De qui són aquestes marques de pota al meu ratolí?»

Us ho podeu creure? Carai, ¿que no sap qui hi viu, a casa seva? Hi vivim l'amo, la seva dona, quatre nens grans i un gos. Em sembla que l'amo, la seva dona i els quatre nens tenen mans i peus, i que l'únic que té potes és el gos.

«De qui són aquestes marques de pota?», pregunta.

En fi, encara que el meu amo no sigui allò que se'n diu un detectiu de primera, hauré de vigilar més.

M'agradaria afegir tan sols una cosa. Si hagués sabut que el destí que els Mofetes tenien reservat per a la meva cagarada era la sabata del bon Mack, no els l'hauria venuda pas. Ho juro pel déu Gos, que no ho hauria fet. Haig de viure d'alguna cosa, és cert, i m'agrada el que fan els Mofetes, el seu estil i tot plegat. Però jo he vist el bon Mack jugant amb els seus nanos. És un bon pare, un marit exemplar, i totes aquestes coses. Porta galetes de la feina a casa i tot sovint en tira alguna a l'altra banda de la tanca per al bon Rover. D'acord, no són unes galetes precisament fresques, però el que compta és la intenció.

M'agrada aquest paio. Permeteu-me que us digui encara una altra cosa: si a en Rover li agrada algú, no es dedica a deixar cagarades per aquests mons de déu perquè s'hi empastifi la sabata.

Bé, doncs això és tot el que volia dir. Val més que ara toqui el dos. Sento que l'amo remuga al llit. Això vol dir que no trigarà a llevar-se per fer un riuet.

Sortim del programa. Doble clic.

I ARA, ¿A QUANTS CENTÍMETRES?

A un.

Només a un centímetre. La sola de la sabata del senyor Mack és a un centímetre (o menys) del cim de la tifa.

On eren en Rover i la Kayla? On eren en Robbie i el Mofeta encara més petit que el Mofeta més petit? On eren la Billie Jean i en Jimmy?

Ja és a un centímetre.

A mig centímetre.

A menys de mig centímetre.

On s'han ficat, tots plegats?

ON EREN, DONCS?

En Rover coneixia una drecera. En Rover coneixia totes les dreceres del món.

En Rover continuava galopant, i els altres el seguien.

Va baixar a tota velocitat pel carreró de la pastisseria. Al final del carreró, hi havia una tàpia —en Rover la va saltar— i, a l'altra banda, un rierol...

—Aguanta, noia!

En Rover va saltar.

Les potes de darrere van arribar a tocar l'aigua, les urpes van gratar la riba, i el fang i els còdols de l'altra riba es van esllavissar cap al rierol. Però en Rover l'havia aconseguit travessar.

—A-bah —va dir la Kayla.

—Gràcies, preciosa —va dir en Rover.

Va continuar la seva cursa.

En Robbie també va voler saltar, però no havia agafat prou impuls i..., quan ja es tapava el nas per a l'inevitable capbussó, la Billie Jean el va engrapar al vol per la samarreta i van continuar junts fins a l'altra riba.

Van aterrar al capdamunt d'un túmul de fang.

—Que divertit! —va exclamar la Billie Jean.

—No ens podem oblidar de la tifa, mama —va dir en Jimmy.

—Tens raó —va dir la Billie Jean.

I tot seguit van arrencar, a l'encalç d'en Rover i la Kayla.

I ARA, ¿A QUINA DISTÀNCIA?

A menys de menys d'un centímetre.

Els Mofetes amagats a la tanca van parar bé l'orella. Esperaven amb ànsia aquell so tan dolç: el gloriós clapoteig del peu d'un adult enfangat en una tifa de primeríssima qualitat. Allò era música per a les seves orelles sedoses.

El senyor Mack ja podia sentir el tren que arribava.

LA KAYLA EXPLICA LA SEVA VERSIÓ DE LA HISTÒRIA

A-bah.

A-bah, a-bah.

A-bah, a-bah, a-bah.

A-bah.

A-bah, a-bah, a-bah, a-bah, a-bah.

A-bah.

A-bah, a-bah, a-bah...

A-bah.

EN JIMMY I EN ROBBIE EXPLIQUEN LA SEVA VERSIÓ DE LA HISTÒRIA

JIMMY: Creiem que és una idea genial.

ROBBIE: I tant.

JIMMY: Que els adults siguin sotmesos al Mètode Xof.

ROBBIE: Que trepitgin caques.

JIMMY: És just i divertit.

ROBBIE: Sí, molt divertit.

Jimmy: Però si haguéssim sabut abans que els Mofetes anaven a aplicar-li el mètode al papa...

Robbie: Si ho haguéssim sabut abans...

Jimmy: Crec que hauríem mirat d'aturar-los a temps.

Robbie: Probablement és el que hauríem fet.

Jimmy: Encara que el mètode sigui molt divertit.

Robbie: Encara que sigui genial.

Jimmy: És la cosa més divertida que s'ha inventat.

Robbie: Més divertit que llufar-se al bany.

Robbie: Probablement l'hauríem avisat.

Jimmy: Probablement.

Robbie: Encara que va ser la pilota, qui va trencar el vidre, no nosaltres.

Jimmy: I encara que el pare no em deixés posar el bolquer de la Kayla a la torradora per saber què passa.

Robbie: I encara que no ens deixés fer un estel amb les calces de la iaia, sabent que no se les posava mai.

Jimmy: I encara que no em deixi gratar-me el nas, ni tan sols quan hi tinc una burilla fora de sèrie, ideal per ficar a la boca oberta de l'avi mentre dorm.

Robbie: I encara que no em deixi patinar teulada avall amb la Kayla damunt del cap.

Jimmy: Probablement hauríem mirat d'aturar els Mofetes a temps.

Robbie: Encara que el mètode sigui molt divertit.

Jimmy: Molt i molt divertit.

QUÈ DIMONIS FA EN ROVER?

En Rover va córrer per un camp sembrat. Per un carrer. Pel Sàhara.

—A-bah? —va dir la Kayla.

—Sí, nena —va dir en Rover—. Això és el Sàhara. Confia en mi.

La Billie Jean va arribar on era en Rover:

—Estàs segur que aquest és el camí?

—Bub! —va fer en Rover.

En Robbie també els va atrapar.

—No agafem mai aquesta drecera per anar a l'estació —va dir.

—Bub! —va dir en Rover.

Van pujar al cim d'una gran duna de sorra i, davant d'ells, van veure un riu ample i cabalós.

—Oh, Déu meu! —va dir la Billie Jean—. És el Nil!

—Que guai! —va exclamar en Jimmy.

—Alça les cames, bonica! —va xiuxiuejar en Rover a la Kayla.

I es va llançar a l'aigua, avançant amb el cap enfonsat quan l'aigua era massa profunda. En Robbie seguia en Rover. Era un nedador excel·lent, fins i tot amb el Mofeta a collibè. I la Billie Jean seguia en Robbie. No sabia nedar, però en Jimmy sí, de manera que se li va aferrar als pantalons.

En Rover continuava nedant.

—Veus aquest tronc, menuda? —va dir.

—A-bah.

—Bé, doncs... És un cocodril —va dir en Rover.

Efectivament, era un cocodril. Ara bé, era un cocodril vegetarià, l'únic que hi havia en aquella part del riu aquell dia.

—T'hauries estimat més que fos una pastanaga, ¿oi? —va dir en Rover al simpàtic cocodril en passar-li pel costat.

Van arribar a l'altra riba i es van enfilar al banc de sorra.

—No falta gaire, petita! —va dir en Rover.

NO FALTA GAIRE!

Mesureu la pestanya d'un ratolí. No la llargada. L'amplada. Doncs bé, aquesta era la distància que separava la sabata del senyor Mack de la tifa.

I els seus salvadors eren a Egipte!

Al nord d'Àfrica!

No hi serien mai a temps.

PERÒ ¿ON DIMONIS VA EN ROVER?

En Rover va pujar el costerut banc de sorra del Nil i va veure, plantada davant seu, la torre Eiffel.

—Hurra! —va exclamar en Rover—. És per aquí, anem bé.

I va reprendre la cursa.

LA GAVINA EXPLICA LA SEVA VERSIÓ DE LA HISTÒRIA

Peix?

Peix, dieu?
No me'n parleu!
Em fa fàstic.
Bacallà?
Ecs!
Salmó?
Ecs!
Medusa?

Ecs!

Arengada, mòllera, halibut?

Ecs, ecs i ecs!

Ditets de peix?

Ecs!

Peus de peix? Clatells, colzes, genolls, ulls, queixals, cabells, ulleres de peix?

Ecs, ecs i ecs pels segles dels segles.

Els peixos?

Si depengués de mi, els encerclaria tots amb una xarxa i els llençaria al mar.

ON DIMONIS VA EN ROVER? (II)

En Rover va córrer cap a la torre Eiffel, obrint-se pas entre els turistes i les parades de gelats.

Un home amb una camisa florejada i una càmera de vídeo li barrava el pas.

—Passa res, company? —va dir en Rover esmunyint-se entre les cames de l'home—. Que no has vist mai un nadó a collibè d'un gos?

L'home va quedar bocabadat.

—Oi que aquest gos ha parlat? —va preguntar a la seva dona, que també es va quedar amb la boca ben oberta.

—Diria que... sí —va contestar ella.

—I com és que no ha parlat en francès? —va preguntar l'home.

—Potser també està de vacances —va dir la dona.

—És clar, això ho explica tot.

Sota la torre Eiffel, al costat d'una de les gegantines potes de ferro que eleven la torre cap al cel, en Rover va trobar allò que buscava. Era una llodriguera de conills, amagada sota un arbust. En Rover s'hi va ficar.

Va avançar tan de pressa com va poder pel túnel. Els altres el seguien de prop.

Van córrer i córrer.

Al cap d'una estona, la van veure: una minúscula taca de llum davant seu.

Corrien i corrien, i la taca cada cop es feia més gran, però no deixava de ser petita, perquè encara era lluny. Van córrer i córrer més i la taca es va fer cada cop més gran i brillant.

En Rover començava a estar cansat. Panteixava i estava assedegat.

Va agafar una mica d'aire, i va reprendre la cursa —saltant cap a la llum que ara era molt brillant— i va anar a raure al jardí, just darrere la bicicleta on es trobaven els Mofetes.

—Compte amb la tifa! —va cridar.

La Kayla va saltar des del llom d'en Rover, va sobrevolar la bicicleta i els caps dels Mofetes, la tanca de pedra i va aterrar als braços del seu pare.

—A-bah!

El senyor Mack va mirar a terra.

Massa tard.

El seu peu era damunt la tifa. El camal esquerre dels seus pantalons nous de trinca s'havia apujat fins al genoll per l'acció de les dents d'en Rover...

—Un moment!

Què passa, Rover?

—Estàs dient que he fet tard?

Sí, Rover.

—Parles seriosament? Després de tot el que he fet? M'estàs dient que el peu del senyor Mack acaba trepitjant la tifa?

Sí, Rover. Que no ho entens? És més divertit si la sabata del senyor Mack acaba tre...

—Se me'n fum, si és més divertit! Escolta'm atentament: ¿veus aquests ullals?

Sí, Rover.

—Són molt divertits, ja t'ho dic jo. I veus les teves natges?

Sí, Rover.

—Doncs resulta que els meus ullals voldrien conèixer-les de prop. Això sí que és divertit. Ha, ha i ha. Ho pesques?

Em sembla que sí, Rover.

—Molt bé, doncs. He fet tard o no?

No, Rover.

—Així m'agrada. Tornem-hi, doncs, que no ha estat res!

Entesos, Rover.

EN ROVER SALVA EL DIA

En Rover començava a estar cansat. Panteixava i estava assedegat. Però el bon Rover no es rendia.

Va agafar una mica d'aire i el bon i noble Rover va saltar cap a la llum, que ara era molt brillant, i va anar a raure al jardí, just darrere la bicicleta on eren els Mofetes.

—Compte amb la tifa! —va cridar.

La Kayla va saltar del llom d'en Rover, va sobrevolar

la bicicleta i els caps dels Mofetes, va salvar la tanca pels pèls i va aterrar als braços del seu pare.

—A-bah!

El senyor Mack va mirar avall.

Just a temps.

La seva sabata era just a sobre, fregant el cim de la tifa. A quina distància? Era molt a prop? Es podria dir que la sabata estava fent un petó a la tifa.

El senyor Mack va aixecar una mica més el peu i el va impulsar més enllà de la cagarada.

Tot seguit, en Rover va saltar la tanca.

Immediatament ho van fer en Robbie i el Mofeta encara més petit que el Mofeta més petit.

Després en Jimmy i la Billie Jean.

I finalment els altres tres Mofetes, el més gran, el de mida mitjana i el més petit.

Un segon!

Com podien veure els Mofetes?

Quan volen ser vistos, els Mofetes tenen la capacitat de fer-se visibles. Van deixar de ser grisos, que era el color de la tanca, i es van tornar d'un blau molt viu al cap de tres segons comptats.

La Billie Jean va mirar la tifa i la sabata del senyor Mack.

—Oh, gràcies a Déu, estàs sa i estalvi! —va dir.

—Sí —va dir el senyor Mack—. Però si no hagués

estat per... Espera! —va dir el senyor Mack—. Ets tu qui ha cridat: «Compte amb la tifa!»?

—A-bah —va dir la Kayla.

—Tu, Kayla? —va dir el senyor Mack—. Són les teves primeres paraules! «Compte amb la tifa!» És el dia més feliç de la meva vida. Digue-ho una altra vegada, Kayla. Digues: «Compte amb la tifa!».

—A-bah —va dir la Kayla.

—Ho ha tornat a dir! —va exclamar el senyor Mack. Li va fer un petó al front. La va aixecar ben amunt. Va riure.

—Per un moment he pensat que havia estat el gos qui ho havia dit.

—Bub! —va fer en Rover.

—Els gossos no parlen, papa! —va dir en Jimmy.

—Qui ha sentit mai un gos que parla? —va dir en Robbie.

—No t'embalis, company —li va dir en Rover a cau d'orella—. No cal sobreactuar, tampoc!

El Mofeta més gran es va dirigir al senyor Mack.

—Em sap greu, això de la tifa... —va començar.

—Quina tifa? —va dir el senyor Mack.

El Mofeta li va fer cinc cèntims del mètode aplicat als adults que es portaven malament amb els nens, de les tifes de gos, d'en Rover, de les bossetes de plàstic, de les sabates...

—Però amb vostè ens hem equivocat —va concloure.

—No hi fa res —va dir el senyor Mack—. Heu fet la vostra feina. Per cert, el voltor no treballa per vosaltres, ¿oi?

—No —va dir el Mofeta més petit—. Però el coneixem. No li agrada gens ser un voltor. Troba que els entrepans són més bons que els animals morts.

—Ja li deixaré tastar els meus, doncs! —va dir el senyor Mack—. Però el d'avui no.

El senyor Mack es guardava un as a la màniga. Bé, no ben bé a la màniga. Més aviat al termos. Havia omplert el termos de suc de taronja amb polpa. I, com tothom sap, als voltors no els agrada la polpa. Ja esperava amb candeletes l'hora de dinar, però no en va dir res als Mofetes.

—Per què no veniu tots a esmorzar a casa? —va proposar la Billie Jean.

—Ens agradaria molt —va dir el Mofeta més gran—. Però és que hi ha una dona que espera que la sotmetem al Mètode Xof. Té prohibit als seus fills mirar la tele perquè no paren de fer xivarri.

—Quina tortura més típica! —va dir la Billie Jean.

—La dona passarà per aquest carrer d'aquí a uns minuts —va dir el Mofeta més gran—. Ens cal una tifa fresca! Rover?

El Mofeta de mida mitjana va posar una moneda de vint penics als morros d'en Rover.

—Fica't els diners a la butxaca, col·lega —va dir en Rover, molt tranquil—. Convida la casa.

Va passar pel costat de la Kayla.

—Quina vida de gossos —va xiuxiuejar—. Adeu, bonica.

I va caminar fins a acomodar-se darrere un arbust, taral·lejant una cançó titulada «Quanta estona fa que aquest humà és a la finestra?».

El Mofeta de mida mitjana el va seguir amb una bosseta de plàstic. El Mofeta més petit el va seguir amb les pinces de tifes. I el Mofeta encara més petit que el Mofeta més petit va seguir tots els altres i, mentre s'allunyava, va adoptar com els primers el color verd de l'arbust i va desaparèixer.

Llavors el senyor Mack va sentir el xiulet del tren que sortia de l'estació.

—Oh, no —va exclamar—. Arribaré tard a la feina. Els rotllets de figa hauran desaparegut. Em tocarà passar-me el dia tastant crackers. Tot el dia!

Ja les podia sentir:

«Quan la gespa creix massa, l'has de tallar amb un tallagespa. Que curiós, ¿oi?»

«Si tanques els ulls, ja no veus res. Que curiós, ¿oi?»

Però la Kayla va tornar a salvar el dia.

—A-bah —va dir.

—Crackers untades de xocolata! —va dir el senyor Mack—. Una idea genial! Gràcies, Kayla.

—Crackers amb crema de peix —va dir la gavina.

I es va enlairar.

—Me'n torno al mar —va dir—. Ben lluny dels peixos!

Però el senyor Mack ja no la sentia. Corria cap a l'estació de trens. Ja podia flairar les noves i excitants crackers amb xocolata. També les podia sentir:

«El 1984, un home es va cruspir tretze ous durs en un minut. No em digui que no és interessant!»

«Un home va aconseguir arrossegar dos vagons de tren amb les dents. No em digui que no és interessant!»

El senyor Mack era un home feliç.

UN CAPÍTOL
QUE NO ÉS REALMENT
UN CAPÍTOL
PERQUÈ LA HISTÒRIA
JA S'HA ACABAT
AL FINAL DEL
CAPÍTOL ANTERIOR

Totes les bones històries són portadores d'algun missatge, i aquesta història en porta una carretada. Heus-ne aquí uns quants:

1. Si alguna vegada un voltor us roba un entrepà, recordeu que ho fa només perquè no us vol menjar a vosaltres. (El voltor de la història, per cert, era el re, re —continueu dient «re» dues hores i vint-i-set minuts— rebesnet del pterodàctil que va deixar caure una tifa damunt el cap del primer home de les cavernes el dia després que aquest hagués trepitjat la primera tifa prehistòrica.)

2. El que vulgueu.

3. Pot ser que el vostre gos no us parli, però això no significa que ell o ella no sàpiga parlar. D'altra banda, no tots els gossos són milionaris, només els que fan un munt de tifes.

4. El missatge de la gavina.

5. Si tens un nadó com la Kayla Mack a casa, escolta sempre els seus consells, especialment si tenen alguna cosa a veure amb xocolata i crackers.

6. Finalment, si ets un adult i trepitges una tifa de gos, fes-te la pregunta: «Per quina raó els Mofetes em sotmeten al Mètode Xof?». Però recorda que potser no és el Mètode Xof. Potser és una tifa i prou.

FI

—Psst, company!

Ostres, tens raó. Perdona, Rover, gairebé me n'oblido.

7. Si et dius Lassie i vius a Galway, en Rover et saluda.

FI